O SORRISO DO ERRO
Eduardo Rosal

ABOIO

O SORRISO DO ERRO

Eduardo Rosal

I - OS MUROS DO NOME

DESCONHECIDO	13
JOGO	14
CURVA	15
VIDA-FERIDA	16
UM ROSAL DE DÚVIDAS	18
GRITO	19
SENTIDO	21

II - DENTRO E FORA

NOITE	24
MUNDO	25
ESCOLHA	27
RELAMPEJAR	28
DEPOIS DO SOL	30
O PRÓXIMO	32
PROCURA I	34

III – OS GESTOS NO ESCURO

ENCONTRO	38
VÁRIOS	40
PRESENÇA	42
CONVITE	43
QUEM	44
EXISTÊNCIA	45
VIDA	46

IV - CROQUI DE CONCRETUDE

MEDO	50
VENENO DA BONDADE	51
MARGENS I	52
MARGENS II	53
PROCURA II	54
CONTEMPORANEIDADE	55
LOUCURA	56

V - LIÇÕES DE FRAGILIDADE

ÁRVORE INVISÍVEL	66
TRANSPARENTE	67
ESQUECIMENTO	69
AMIGO	71
PEIXES INVISÍVEIS	72
TODOS/NINGUÉM	73
BIBLIOFUGA	75

VI - ERRÂNCIA

ENTRE	80
ESPIRAL	81
PROCURA III	82
ORAÇÃO HERMÉTICA	83
CRIAÇÃO	84
LIÇÃO DE SÓFOCLES	85
MELANCOLIA E PRESSA	87

O Sucesso é mais doce
A quem nunca sucede.
A compreensão do néctar
Requer severa sede.

Ninguém da Hoste ignara
Que hoje desfila em Glória
Pode entender a clara
Derrota da Vitória.

Emily Dickinson,
Trad.: Augusto de Campos

I - OS MUROS DO NOME

DESCONHECIDO

Desde que não sei quem sou
começo a me entender
entre a sede
        e o são
   um nome
que não sei dizer
e se refaz
   vão de voo
terreno entre
um natimorto acerto
e os erros de quem
não se rende
aos modelos

JOGO

Darei o que querem?

Hoje apertei a mão do tédio.
Mastiguei a algema da ânsia.
Já posso ser eu
e minhas dúvidas.

Aceito o jogo,
pelo sabor do risco,
não pelo eco.

Desde que
tirei as remelas do medo,
aprendi a sorrir
à minha fragilidade.

Darei o que querem,
mas serei
só e mudo
– um nome assinado
no silêncio?

CURVA

toneladas de risco
se arrastam
pelas ruas
do meu nome
enquanto o poema
tateando o que não sei
calcula o peso do dizer
e põe seu grito
na curva
do fogo de uma vela
resistindo
ao vento

VIDA-FERIDA

Há quem prefira e busque
uma vida fechada,
cumprida antes do fim.

A cadeira de balanço da vitória
velando a última certeza.
Todas as respostas
postas à prova
entre comodismos, lucros
e outros apagamentos.

Eu, não.
Eu quero a vida em aberto,
a dúvida, a dor, o ódio,
o sal de frutas
depois das eleições
e sempre a esperança
no humano renovada,
apesar dos muros,
do gosto do fracasso
nas mãos.

A vida-ferida-aberta
sobre outras cicatrizes
e a aventura infinita,
dentro,
maior que todas as linhas
de chegada.

Uma vida em aberto,
de partanças e curvas
no escuro,
mas o abraço,
o café,
o bolo de fubá
e a coragem de não ser
um anônimo catalogável.

UM ROSAL DE DÚVIDAS

Escrevo com terra e nuvem.
Só o que se vê ou lê
é esse rascunho
de sentido e solidão.
O resto é fluido,
puro deserto,
um rosal de dúvidas,
abismos, húmus.
Os muros do nome,
em volta, frágeis
como tudo que é concreto.

Eu mesmo, ainda menino,
rabisquei no muro
que me prendia,
não o meu, mas o nome-luz;
o nome-palavra-invisível
de todos os ancestrais,
não só os meus ou os que imaginei,
mas aqueles que
só os ruídos
dos mais milenares
sítios arqueológicos
podem
nos fazer supor.

GRITO

Contra fascismos e neofascismos,
meu nome se escreve
com um rosal
empunhado nos olhos.

Já minaram as vidas,
os vocativos, a natureza
as calçadas e outros laços.
Já desgastaram as palavras,
os encontros e a esperança.

Só no Brasil há mais
de 530 células neonazistas
e sua engrenagem
que manda e mata
com autômatos tentáculos.

Contra fascismos e neofascismos,
Rosal se escreve com rosa
e uma lâmina transparente.
A rosa afia o que vejo;
a lâmina, o que escrevo.

A palavra fascista
é sempre a mesma,
unifônica, repetição
do apagamento alheio,
matéria de manuseio
a serviço de quem cala
o grito de quem morre

por não poder
expressar com liberdade
seu direito a ser quem é.

A palavra-resistência,
seja de lira ou antilira,
se afina e reafirma, sutil
e humanamente multiforme,
inaugurando outra forma de,
com a lâmina-poema, rasgar
a capa de ódio das palavras
para expressar com liberdade
o direito às diferenças.

SENTIDO

O poema ensina a ver
sentido no fracasso.
Essa prática da sutileza
em um mundo bélico
é a contribuição milionária
de todos os erros;
é um abraço no inesperado.

O poema ensina a ver amor
no que é banal, porque é
sempre mais do que se diz real.
O poema ensina a ver
sede no peixe, suor no sol,
mas também revela as chaves
do jogo da liberdade.

O poema ensina a ver sentido
em uma escada sem degrau,
um brinquedo quebrado,
uma viagem sem destino,
uma página em branco;
ensina a ver que todo ódio
é de si, antes de ser do outro.

Por isso ensaio este sorriso
enquanto erro ao me encontrar
contigo que me lê.
Escrever-se não tem fim.
É um sonho insano de amor
destinado ao fracasso
– aos olhos de quem?

II - DENTRO E FORA

NOITE

A noite
como a fotografia ou a palavra
é do tamanho de uma casa
e de tudo que, escurecendo,
se esclarece
dentro.

Por isso pode
ser às vezes bela.
Por isso ao mesmo tempo
cansa e conforta.

Toda verdade de uma foto
é eterna
por ser frágil,
como um poema
ou uma casa.

MUNDO

A tolice da alegria me pegou.
Eu quis o movimento
e a dor.
Deitei com o mistério.
Acordei nu
em sonhos conscientes.
Eu quis o mundo
sabendo
que ele não existe
fora do encontro.
O mundo é só o mundo.
Mas insistem em chamá-lo
daquilo que julgam ver
numa realidade estreita,
enquanto aceitam caber
num molde raso.
Mas o mundo é só o mundo.
Infinito porque sem sentido.
Os mapas não estão
senão dentro de nós,
dos outros e de tudo
que nos cerca
e nos constela.

Enquanto a mente
não se desfizer das máscaras,
o mundo continuará a ser
um acúmulo cinzento
de espaço e poder.
Enquanto a mente

não se desfizer das máscaras,
nunca será possível ver
a natureza do ser social
nem sorrir
à nossa vulnerabilidade.

ESCOLHA

O sorriso e seu vestígio são
a escolha pelo confronto
com a dor, na relação.

Por isso somos tristes
sem nosso encontro
conosco e com o outro.

Só o encontro encara o centro
da dor e seu entorno, na escolha.
O que circunda nos descentra.

Sem o autocentramento
podemos rir, não o alheio,
mas o nosso próprio afeto.

E também intuir no nosso
o sorriso do próximo, por
dentro e por fora da razão.

Por princípio, fica a questão
que se desdobra em duas
(caso não haja anestesia-fuga):

Como escolher na intuição
sentido para o sorriso alheio?
Como escolher longe do espelho?

RELAMPEJAR

Querer
o que ainda não se quer.
Não querer
para vislumbrar.
Não partir nem estar.
Simplesmente
não existir
nem se matar.

Estar apenas.
Só,
como um resto
de comida digerida
dentro de um corpo
que tem fome.

Só
porque sabe
que a felicidade
emoldura máscaras,
empreende heranças,
alheia ao acaso da procura,
alheia à vontade, alheia
à coragem de ser nada,
porque é só felicidade
– essa moeda
que custa vidas
e dissimula glórias.

Só,
como um rabo de lagartixa,
cortado, exangue,
contorcendo-se,
como se quisesse
atar as duas pontas,
moldar-se em infinito,
relampejar.

Estar simplesmente só,
como a viga dentro
do tijolo dentro
da parede dentro
de nós. E nós:
essa arquitetura de pele e caos
e inevitável sociabilidade.

De tão dentro,
fora.
E a impossibilidade
vibrando nos poros,
indo além,
porque só é solitário
quem é social,
e o contrário.

DEPOIS DO SOL

depois do sol
o mesmo insólito
em nova órbita
plural como a fragilidade
como o alívio de ser vários
o prato quebrado do afeto
e sua matemática
constatando o caos
— epiderme da ordem —
com o claro mito às costas
mais óbvio
que a régua das águas
e a pegada de bosta
deixada
no capacho da esperança

depois do sol ambiguidades
de palavras e ideias
múltiplas áreas de conhecimento
interpostas
a rede sem início e fim
oposta ao singular
mas singular também
descentrada
a unidade desdobrada

depois do sol
astronomia e espiritismo
pluralidade de mundos e deuses
quase tudo cabe
Quixote e Descartes
fomes e outras culinárias
desejos e outras personalidades
o falso pêndulo bom-ruim bem-mal excesso-falta
o sentimento interpretando a emoção consciente do Outro
a voz interna os nós sósias
o cérebro-máquina os tempos origens cores etnias gêneros
as políticas os posicionamentos
a opinião (não o achismo-sem-humildade-alvejando-o-argumento)
os eus da geografia social da arquitetura social
da tradução social
as possibilidades e oportunidades
as diferenças e a empatia
a diversidade cultural
o diálogo inter-religioso
quase tudo cabe
o politeísmo e a ciência
o ateísmo e a arte
o agnosticismo e as enunciações
os fatos
os populares e os eruditos
os amores e as palavras
os entes e os entres
a desinência morfológica de plural em tudo
à espreita
sob o capacho da esperança

O PRÓXIMO

Apesar da esperança destroçada,
da delicadeza queimada na garganta,
quando afrouxo o punho
e abro as mãos,
sem estar só,
minha solidão descansa.

Pôr à mesa
um prato a mais pra ânsia
é minha fome e forma
de organizar o caos.

Não quero antes nem depois.
Reparto o nunca e o já.

Os círculos de ruína e glória
agora podem no meu corpo
abrir as portas.

Sou só mais um
que ao regressar do azul
descobre a vala
e que
     ao ansiar
a água ao longe
atenta ao peso
na distância.

Quem é íntimo do humano,
ciente do ódio, odeia,
mas escreve abraços,
resiste, insiste e ama.

Apesar do soco no escuro,
luto de olho aberto e sonho,
porque sou só mais um
iluminando o próximo.

PROCURA I

Cada procura
pela vida alheia
sugere
um quê de mim
para mim mesmo.

Cada procura
por mim mesmo
inaugura
uma centelha
sobre o outro.

III – OS GESTOS NO ESCURO

ENCONTRO

Todo encontro desafia a calma;
é um sorriso na incerteza.

No tabuleiro do acaso
de repente
um gesto mínimo
nos assemelha,
uma palavra acende
recíprocas centelhas,
ou revela
mundos contrários.

Todo encontro desafia o riso;
é um perigo na certeza.

Ainda assim
há quem agarre
a incompatibilidade
com as unhas da delicadeza
e, de canto a canto,
resguarde
a moleira da coragem.

Todo encontro desafia a dor;
é um suspiro na apneia.

Há qualquer coisa que nos paralisa
e dança e quer dizer
e esconde as palavras.
Talvez um cheiro
de auroras, orixás,
molduras de
passados e perdas.

Entre a projeção e o freio:
um cotidiano de palavras-martelos;
uma cama salivada;
um eterno ensaio para a liberdade;
relâmpagos na permanência;
uma sacola de hermetismos,
viagens, planilhas, receitas,
listas e ansiolíticos,
antialérgicos e analgésicos,
futuros, vinis e incensos.

Amar é, no encontro,
gestar novos planos
e constatar o nascimento
de outras tantas
dúvidas.

VÁRIOS

I

Adormecemos.

Um corpo ao lado
é o princípio da queda
e do salto.

II

Sonho.

Não somos um só,
somos dois vários,
feito dois navios
numa gota que evapora
e nos revela desertos, hiatos.

III

Até que um dia
a gota retorna outra
e nos obriga a navegar
de outra forma
na mesma escassez.

IV

Acordamos.

O amor é um fruto volátil
que se come com casca.

V

Nada abole
o silêncio do sol
invadindo as frestas
do dia
senão o próprio dado
dos gestos
no escuro.

VI

Não somos
dois sós num só;
somos dois vários,
como solitário é o acordar.

PRESENÇA

No começo é a relação.
Martin Buber

Vi seu nome rabiscar o instante.
Fora da presença não há solidão
nem a dúvida descansa.

Visto a melhor roupa
para rascunhar no encontro
a próxima saudade.

Tem sempre
um gosto de futuro
a sua imagem.

CONVITE

Para Mylena Porto

Quer se perder comigo?
nadar na lâmina do acaso
raspar o veneno das horas
com a coragem dos dedos
lamber o mel do mar
e delicadamente
recolher os sais?

Quer se perder
e assim quem sabe
deixar na língua a ponte
o grão de pólen
de mais uma vez?

O mapa da saudade
mais uma vez
rasurado
mastigado
de desejo
e espera;

mais uma vez o medo
e a chama mais uma vez
o convite
do colchão de nuvens
e as estrelas da cama
acordando
a ânsia da imaginação.

Quer se perder?

QUEM

Quem dirá
que a presença
não é a solidão
da última brasa
na ponta de um cigarro?;
o guardanapo sujo de bolo
deixado sobre a mesa?;
o remédio de nariz
na cabeceira da cama;
ou o chiclete
que o menino
do século passado
cuspiu no asfalto
com alguma saudade
de não sabe o quê
ou quem?

EXISTÊNCIA

Não é o outro
quem nos garante
a existência.

Somos compostos
por átomos
e encontros.

Não é você, leitor, quem
me garante a existência,
nem o contrário.

Nós é que
nos moldamos
no barro da presença.

Eu e tu anteriores
e posteriores à página
em que nos escrevemos
e lemos.

VIDA

A vida é uma profusão de caos,
de catástrofes em sucessão,
de nódoas de lama no brim,
eternamente retornando
e religando início e fim.
A vida constata o erro
a cada passo sem-sentido
dessa nossa espera, tanto
incerta quanto bela, eco
monótono da impermanência
de quem tem coragem
de sorrir no escuro.

IV - CROQUI DE CONCRETUDE

MEDO

O medo
é quase sempre
um animal futuro,
uma fruta que começa
a apodrecer, antes
de ter sido semente.

O medo
é muitas vezes
croqui de concretude,
um labirinto
de fumaça e fuga.
Viga transparente.

De tão invisível
o medo invade
o cimento de fora.
Onipresente
camisa de força
aberta
desde a eternidade.

É tortura abstrata,
antônima de tudo;
antissuave,
assovia seu peso,
sua ânsia e insônia
no tambor de dentro.

VENENO DA BONDADE

Maior coragem é a dor,
a nódoa do outro.
Um desenho de ponte,
fisgado numa âncora.

Troco cartas com o soco.
Por trás da luz que dou a ver
guardo estas sombras.
Nelas produzo
o veneno da bondade.

Enquanto morro sempre
impulsiono nascimentos
– faíscas para novos gestos.

MARGENS I

Amar a água,
não pela sede.
Intuir sempre
o pé da fonte
e odiar o riso
que é só alegre.

Cumprir o tudo
desmontando
o nada.
Refazer futuros
sem a luva
do medo.

Nas margens do sonho
moldar, não a realidade
– essa matéria
sem fluxo –,
mas o curso
de outra nascente.

MARGENS II

Nosso tempo é o do imperativo
anonimato, reprodução do molde-nada
que sequer o imitado, face dos sem-face,
em sua torre de papel-sucesso alcança.

Eu, não: eu arrasto meu pé nas horas,
desenho o rosto do amigo nas margens
de todos os poemas, bem ao meu modo.
Tatuo na calma o nome do fogo.

E sempre parto. Mas quando quero
retorno e sou outro – sendo o mesmo –
e rasuro os rastros, reescrevo rascunhos.
Se preciso, reciclo pedras, abismos, carbonos.

E sempre fico onde estive ou quis ficar,
sem deixar bandeiras fincadas no caminho.
Sorrio o sangue e o sal da vida em comum,
suja de palavra-viva: é contigo que erro e falo.

PROCURA II

A gente procura
a quem seguir
para ter coragem
de um dia
seguir
a nós mesmos.

CONTEMPORANEIDADE

Não tenho tempo
para ser só
contemporâneo.

LOUCURA

Loucura de astrônomo,
de biólogo:
de binóculo na veia, ver
no mínimo o macro.
Microscopicamente, ver
no macro o micro.

Loucura de arqueólogo,
de catalogador, de colecionador:
movidos mais
pela próxima busca,
apaixonados pelo jogo com a perda,
com fome de fragilidades.

Loucura de escritor que manuseia
um grão de areia e um astro,
com a mesma intimidade
com que entrevista a morte,
uma planta dormideira
e um gato.

Sou louco pelo gelo derretendo,
pelos capachos de bem-vindo
(com ou sem hífen),
pela água ventando na poça.

Louco pelas montanhas com vacas.
Louco por outras pegadas

da curiosidade;
pela coragem dos ócios,
do peso das escolhas e acasos
e a lupa longa das revoluções.

Louco
pela sequência de luzes nos postes
da rua de casa.
Louco
por todas as ruas do mundo
e suas placas de vire à esquerda,
mas principalmente pela placa
Rua
Marielle Franco
(1979-2018) Vereadora, defensora dos Direitos Humanos
e das minorias, covardemente assassinada no dia 14 de
março de 2018.
307   20260-080 Estácio

Louco pela imaginação
dos futuros mais concretos.

Louco pelo plástico bolha
e por Dante Alighieri;
pelos Cânticos dos cânticos
escritos e por escrever;
pelas marcas
dos dentes dos pneus
na lama.

Louco pelo multiverso,
pelos eus-sósias
nas encruzilhadas
da eternidade.

Louco
pelos vira-latas
de boteco.

Louco pelas equações
com uvas e nomes,
pelas moléculas dos pães
e das saudades.

Louco, é claro,
pela mão dupla
dos corpos
e pelo perfume único
de cada casa.

Louco pelo ódio ao ódio,
por sofrer com isso
e, por isso, me salvar.

Louco
por sobreviver às horas
e por ser vários.

Louco, muito louco pela dúvida,
pela confiança

e pela desconfiança;
pelos silêncios e pelas
invisíveis belezas.

Louco pela bicicleta da solidão;
pela cachaça com mel e limão;
pela jogada
mais que pelo gol;
pelo dodecafonismo de Schöenberg
e pelo Exaltasamba;
por Wagner
e pelo telegrama
enviado por Murilo Mendes
achincalhando Hitler,
em nome de Mozart e Salzsburg.

Louco pelo arroz com feijão,
pelos formatos dos troncos das árvores,
pelo bico do seio da mãe
e por Freud, por Sófocles,
por Jung;
pelo velotrol e pela ponte.

Louco, muito louco,
pelo sorvete de flocos.

Louco por resumir o resumo
do irresumível
diante os espelhos de Escher,
da esperança e da memória.

Louco pelo infinito.

Louco.

Louco pelo sorriso míope das crianças;
pela inspiração e pelo suor.

Louco pelas insuficiências comoventes;
pelo anseio de mais farofa
e pelo própolis.

Louco pela febre
e pela calma;
pelo que surge e escapa;
pela coceira da frieira
e da verme.

Louco pelo haicai.
Sim, pelo haicai
e suas bem escondidas
remendas;
pelo haicai, por Proust
e por Roland Barthes.

Louco por Whitman e Pound,
por Herberto Helder, Piva,
Poe e Cabral.

Louco pela Cleo Pires
e pelo Cartola.

Louco por todas as formas
de criar/recriar
imagens.

Mas
nenhuma loucura
pelo que é de César;
pelo que não é compartilhável;
pela norte-americanização dos sonhos.

Nenhuma loucura
pelas armas,
pelos empresários da fé.

Nenhuma loucura
pelo colar de bigornas
dos burgueses.

Nenhuma loucura
pelos patriotismos de umbigo
e pelo monolinguismo das ideias.

Nenhuma loucura pelo autoritarismo,
pela indiferença.

Nenhuma loucura por quem separa
ciência e arte;
por quem rumina o medo
e vomita falsas verdades.

Nenhuma loucura,
absolutamente nenhuma loucura,
pelos *sommeliers* de preconceito.

Nenhuma loucura,
pelo guarda-chuva de papel
das certezas e convicções.

Nenhuma loucura
pelos totalitários
nem por espelhos
que não revelem
a diversidade.

V - LIÇÕES DE FRAGILIDADE

ÁRVORE INVISÍVEL

Ser resistente
por ser frágil.

O que mais se quebra
é o que mais dura.
Volta a ser matéria
para outro futuro.

Ou evapora feito água
até virar memória.
E não se dobra,
não curva a espinha.

Quer mais que a espuma
das derrotas e vitórias.
Porque só existe a morte
depois do esquecimento.

Ser resistente
por ser frágil:
árvore invisível
que derruba muros.

Enquanto dança no ar
– translúcida – transforma.
Por ser frágil
ergue outras vidas.

Ser resistente por ser
anterior e posterior a si.

TRANSPARENTE

I

Seguir
talvez mais transparente
que o instante?, mais vago
que a verdade?

Refém voluntário daquilo que vejo,
como intuir e ler por dentro os ecos
de toda essa constelação de incêndios
rosto a rosto?

Como tocar o cemitério de abismos em cada peito,
essa soma de tumbas,
de epitáfios ainda em rascunho,
e crer no deus riso que rumina o tédio?

Como desengasgar
esse cronômetro frágil
a que chamam vontade?,
eterna fome autofágica
à espera de outro corpo.

II

Sigo.
Talvez mais transparente
que o instante.
Refém da imagem
que se quer abraço.

Dentro de mim
um cenário de escuros,
um circo, um palhaço
que não existe
porque é todo mundo.
Um zelig jeito de zelo.
Um gelo que não queima.

_____

Deito estrelas no asfalto.
Ninguém vê.

No tablado da verdade alheia,
qual máscara é preciso oferecer?

ESQUECIMENTO

I

Esqueço
porque é preciso
aquilo que num lapso
num lampejo de imagem
pode mostrar os dentes
confessar o sal
irromper da dor num rasgo
de ossatura e punho expostos
um susto no afago
um fatigado afeto
mais gélido
que o próprio esquecimento.

II

Esqueço
e vejo claro e só
– mero motor de carne
naufragado
na vontade de ser mais
que uma cortina
onde não há janela.

III

Esqueço
que a memória
quando quer inventa
como quem desenha
sobre a folha da inexistência
um dedo
sujando pouco a pouco
quase imperceptivelmente
a tinta da parede
em torno
ao interruptor do quarto.

AMIGO

Não calculamos as distâncias.
A cada novo golpe da vida,
os mesmos ouvidos.

Um amigo,
mesmo na ausência,
é uma saudade
de nós mesmos,
uma arqueologia
de novas imagens.

Um amigo
é uma mitologia
de futuras convivências.
Um trilho pelo qual,
mesmo quando
não passa o trem,
vai e volta
o tempo.

PEIXES INVISÍVEIS

Onde o próprio mar naufraga
não se navega a esmo.
Toda deriva é inerente
às condições do tempo.

A memória das águas
carrega peixes invisíveis.
Inunda casas, edifícios.
Outras curvas da história.

Há sempre um copo de mar
para o barco de papel da sede
singrar, rompendo o sal,
como a quilha corta o medo.

TODOS/NINGUÉM

Onde não há desejo e rede,
resta o sol sombrio da fome.

Onde todos comem,
ninguém se veste de deus.

BIBLIOFUGA

... Atitude mental positiva; #umdiasemreclamar: descubra por que a gratidão pode mudar a sua vida; Mais esperto que o diabo: o mistério revelado da liberdade e do sucesso; Inteligência positiva; Poder do pensamento positivo: Guia prático para solução dos seus problemas diários; O poder da positividade: os 7 princípios para blindar a sua mente e transformar a sua vida; Disciplina positiva para educar os filhos: 52 estratégias para melhorar as habilidades de mães e pais; Atitude positiva diária: os segredos para guiar a sua mente e ir em direção a uma vida de riqueza, saúde e sucesso; Disciplina positiva para pais ocupados: como equilibrar vida profissional e criação de filhos; Quem pensa enriquece: o legado; Barriga negativa, atitude positiva: o método revolucionário que seu abdome e sua autoestima merecem; Disciplina positiva para professores: 52 estratégias para lidar com situações desafiadoras em sala de aula; Psicologia positiva aplicada ao coaching; O poder do pensamento positivo no século 21; Psicologia positiva e psiquiatria positiva: A ciência da felicidade na prática clínica; As cinco habilidades das pessoas excepcionais: como conquistar a confiança, ganhar o respeito e influenciar positivamente as pessoas; O poder da liderança positiva: como e por que líderes positivos transformam equipes e organizações e mudam o mundo; Mindset: a nova psicologia do sucesso; Flow: a psicologia do alto desempenho e da felicidade (edição revista e atualizada); Felicidade: modos de usar; Felicidade: ciência e prática para uma vida feliz; Felicidade: a prática do bem estar; A arte da felicidade: um manual para a vida; A felicidade, desesperadamente; Felicidade autêntica (nova edição): Use a psicologia positiva para alcançar todo seu potencial; O cérebro e a felicidade: como treinar sua mente para atrair serenidade, amor e autoconfiança; Liderando para a felicidade; Liberdade, felicidade e foda-se!: As perguntas e as respostas para viver mais feliz; Florescer: uma nova e visionária interpretação da felicidade e do bem-estar; A ciência da felicidade: escolhas surpreendentes que garantem o seu sucesso; O mapa da felicidade: cure a sua vida e honre a sua história (nova edição); Nudge: Como tomar melhores decisões sobre saúde, dinheiro e felicidade; O cérebro de Buda: neurociência prática para a felicidade. O caminho da felicidade não está longe de você; O manuscrito original: as leis do triunfo e do sucesso de Napoleon Hill; Pai rico, pai pobre: o que os ricos ensinam a seus filhos sobre dinheiro (edição de 20 anos atualizada e ampliada); O homem mais rico da Babilônia; Do mil ao milhão sem cortar o cafezinho: gastar bem, investir melhor, ganhar mais; O poder da ação: faça sua vida ideal sair do papel; O poder da autorresponsabilidade: a ferramenta comprovada que gera alta performance e resultados em pouco tempo; Hábitos atômicos: Um método fácil e comprovado de criar bons hábitos e se livrar dos maus; Como fazer amigos e influenciar pessoas; Os segredos da mente milionária: aprenda a enriquecer mudando seus conceitos sobre o dinheiro e adotando os hábitos das pessoas bem-sucedidas; Como convencer alguém em 90 segundos: crie uma primeira impressão vendedora; Rápido e devagar: duas formas de pensar; A psicologia financeira: lições atemporais sobre fortuna, ganância e felicidade; Mindset: atitude mental positiva; Como sobreviver à ansiedade: jogos e dicas para enfrentar o mal do século com saúde mental; Inteligência emocional: a teoria revolucionária que redefine o que é ser inteligente; O milagre da manhã: o segredo para transformar sua vida (antes das 8 horas); 12 regras para a vida: um antídoto para o caos; Os 7 hábitos das pessoas altamente eficazes: lições poderosas para a transformação pessoal (edição customizada); As 48 leis do poder; O poder do subconsciente; A sutil arte de ligar o f*da-se: uma estratégia inusitada para uma vida melhor; O jeito Harvard de ser feliz: o curso mais concorrido da melhor universidade do mundo; Seja foda!; Como falar em público e encantar as pessoas; Liderança: a inteligência emocional na formação do líder de sucesso; Arrume a sua cama: pequenas coisas que podem mudar a sua vida... e talvez o mundo; Mude seus horários, mude sua vida: como usar o relógio biológico para perder peso, reduzir o estresse, dormir melhor e ter mais saúde e energia; Anti-frágil: coisas que se beneficiam com o caos (nova edição); O ego é seu inimigo: como dominar seu pior adversário; Agilidade emocional: abra sua mente, aceite as mudanças e prospere no trabalho e na vida; Ponto de inflexão: uma decisão muda tudo; Poder e manipulação: como entender o mundo em 20 lições extraídas de O príncipe, de Maquiavel;

Trabalhe 4 horas por semana: fuja da rotina, viva onde quiser e fique rico; Especialista em pessoas: soluções bíblicas e inteligentes para lidar com todo tipo de gente; 12 dias para atualizar sua vida; Dinheiro é emocional: saúde emocional para ter paz financeira; Descubra o seu destino: as chaves que abrem as portas para o seu destino; A introdução definitiva à PNL [Programação Neurolinguística]: como construir uma vida de sucesso; O livro que você gostaria que seus pais tivessem lido (e seus filhos ficarão gratos por você ler); Foco: a atenção e seu papel fundamental para o sucesso; As armas da persuasão 2.0 (edição revista e ampliada); Arriscando a própria pele: assimetrias ocultas no cotidiano; O poder do hábito: por que fazemos o que fazemos na vida e nos negócios; Ruído: uma falha no julgamento humano; A lógica do Cisne Negro: o impacto do altamente improvável (edição revista e ampliada); A cama de Procusto: aforismos filosóficos e práticos; Perfeição não, felicidade!: atualize sua mente, desafie seus pensamentos e livre-se da ansiedade; As sete leis espirituais do sucesso; O sucesso é treinável: como a disciplina e a alta performance podem revolucionar todas as áreas de sua vida: carreira, saúde, finanças, relacionamentos e desenvolvimento pessoal; As 16 leis do sucesso: o livro que mais influenciou líderes e empreendedores em todo o mundo; A surpreendente ciência do sucesso: Por que (quase) tudo que você sabe sobre ser bem-sucedido está errado; 100 coisas que líderes de sucesso fazem: como reprogramar a mente para ser um líder de alta performance; Sucesso não é sorte: Seis passos simples para atingir qualquer objetivo; 100 Coisas que pessoas de sucesso fazem: Como reprogramar a mente para se tornar bem-sucedido; Ensinamentos bíblicos para o sucesso: reflexões e pensamentos que guiarão você para uma vida bem-sucedida; O sucesso não ocorre por acaso; Sucesso é o destino dos disciplinados: 12 passos para o melhor ano da sua vida; Do fracasso ao sucesso em vendas; Fracasso é apenas o que vem antes do sucesso: histórias inspiradoras de empreendedores que deram a volta por cima; O poder do fracasso: como a capacidade de enfrentar adversidades e se superar é fundamental para o sucesso; O jeito Disney de encantar os clientes: do atendimento excepcional ao nunca parar de crescer e acreditar...

VI - ERRÂNCIA

ENTRE

Entre a poltrona e o nada
rasuras sobre rasuras;
a eternidade pelos astros
palitando os dentes
à espera de quem chegue
ao abraço da incerteza;
químico sabor do imenso
soletrado em ausências
de quê?, de quem?,
se nem de nós sabemos.

ESPIRAL

Por minha conta e risco,
desconheço as verdades,
mas imagino
e mudo.

Entre o espaço
da realidade que pressinto
e o mundo que me invade,
há uma terceira realidade
mais irreal
do que aquela que supus;
mais surreal
do que a quarta e a quinta,
a sexta e a sétima,
que me reinauguram
nessa espiral
de cálculos, corpos e quedas.

Por minha conta e risco,
recolho as cinzas
do visto, revisto, transvisto e pós-visto.
– Imagens desdobráveis
de vários eus que arrastam
o pé no vento que me espalha
enquanto me encontro.

PROCURA III

A procura concorre
com o hiato.

A procura comove,
              ensaia
o próximo átomo do erro.
Move porque não se esconde.
Segura o que escapa.

Por isso tem cor de esperança
e um gosto de sangue que não passa.

ORAÇÃO HERMÉTICA

Feixes do inconsciente,
ensinai-nos quem somos.

Rigor do conhecimento,
tudo é mistério.

Ódio por ódio,
põe diante do espelho
o tempo trino e uno,
simultaneamente.

Babel e labirinto,
de mãos dadas,
velai os dormentes.

Camisas de força
da imaginação,
iluminai as trevas
interiores à luz.

CRIAÇÃO

Deus,
o maior de todos os loucos,
quis criar o mundo... e criou
o risco e o erro.

LIÇÃO DE SÓFOCLES

> *Fugindo do buraco é que a gente cai nele.*
> Autran Dourado

Fugindo do erro é que
a gente cai na inércia.

MELANCOLIA E PRESSA

Vivo o embate entre a ansiedade e a acídia. Dito assim, pareço pesar a mão no drama, eu sei. O fato é que ao mesmo tempo em que a ânsia de viver me impulsiona — pantagruélico Proteu —, a morosidade, a preguiça e os dias na concha da transparência me fazem protelar toda a vida. Em outras palavras (coisa de mau escritor), tenho pressa de existir, mas quase sempre deixo para depois.

De qualquer forma, peço calma ao leitor que acaso se reconheça nesta página hermética. Não há motivos para culpas e julgamentos. A camisa de força da ambição às vezes também nos movimenta e nos revela portas para o molho de chaves que trazemos dentro. Mas é preciso cuidado para não sobredourar a nossa mediocridade de cada dia.

Não se engane, leitor, se houvesse um Prêmio Nobel da Preguiça, certamente eu me candidataria, e com grandes chances, mesmo sendo brasileiro e balbuciando meus silêncios em Língua Portuguesa. Porque, sim, o que fala na preguiça é o silêncio. Uns perguntarão, com todo o direito à filosofia: "Mas o silêncio não é um idioma universal?". Só sei responder silenciando.

A verdade é que sou um intenso leve. Dentro de mim tudo é velocidade, abismo e céu, mas fora sou só uma pele que lentamente se expõe ao sol, querendo sempre a sombra. Ou não querendo, a depender do humor e da umidade.

Como escreveu Jorge de Sena, vivo essa miséria de ser por intervalos. Ainda assim, feito uma criança que silenciosamente desenha num papel um sol qualquer sorrindo entre nuvens, mas dentro rasga o peito com a borracha do medo, eu sei que sei amar a vida e seus vestígios, seus convites. Eu sei que sei amar o sol implícito, não na chuva ou na noite, mas na presença das horas mais solares. O que sorri é a vida, que vibra com seus escuros e riscos, irônico escancarar dentado de goelas e outras fomes.

Desde menino aprendi a engolir a vida em grandes pedaços de silêncio. O que há de mistério nisso tudo é o cheiro que pode existir em cada instante. E como são bons esses breves momentos do olfato atento. O resto é nítido como esse misto de melancolia e pressa.

Permaneço como quem parte e escrevo como quem reparte, não as glórias da chegada, mas o processo invisível dos fracassos de quem vacila nas palavras, por ser humano.

Cara leitora, caro leitor

A **ABOIO** é um grupo editorial colaborativo.

Começamos em 2020 publicando literatura de forma digital, gratuita e acessível.

Até o momento, já passaram por nossos pastos mais de 400 autoras e autores, dos mais variados estilos e nacionalidades.

Para a gente, o canto é conjunto. É o aboiar que nos une e que serve de urdidura para todo nosso projeto editorial.

São as leitoras e os leitores engajados em ler narrativas ousadas que nos mantêm em atividade.

Nossa comunidade não só faz surgir livros como o que você acabou de ler, como também possibilita nos empenharmos em divulgar histórias únicas.

Portanto, te convidamos a fazer parte do nosso balaio!

Todas as apoiadoras e apoiadores das pré-vendas da **ABOIO**:

—— **têm o nome impresso nos agradecimentos de todas as cópias do livro;**
—— **são convidadas a participarem do planejamento e da escolha das próximas publicações.**

Fale com a gente pelo portal **aboio.com.br,** ou pelas redes sociais (**@aboioeditora**), seja para se tornar uma voz ativa na comunidade **ABOIO** ou somente para acompanhar nosso trabalho de perto!

Vem aboiar com a gente. Afinal: **o canto é conjunto.**

Apoiadoras e apoiadores

Não fossem as **83 pessoas** que apoiaram nossa pré-venda e assinaram nosso portal durante os meses de junho e julho de 2023, este livro não teria sido o mesmo.

A elas, que acreditam no canto conjunto da **ABOIO**, estendemos os nossos agradecimentos.

Adriane Figueira
Amanda Areal
André Balbo
Andreas Chamorro
Anna Kuzminska
Anthony Almeida
Arthur Lungov
Caco Ishak
Caio Girão
Caio Narezzi
Calebe Guerra
Camila do Nascimento Leite
Camilo Gomide
Carolina Nogueira
Cecília Garcia
Cintia Brasileiro
Cleber da Silva Luz
Cristina Machado
Daniel Dago

Daniel Giotti
Daniel Guinezi
Daniel Leite
Danilo Brandao
Denise Lucena Cavalcante
Dheyne de Souza
Diogo Cronemberger
Eduardo Rosal
Érika Magalhães
Francesca Cricelli
Frederico da Cruz
   Vieira de Souza
Gabriela Machado Scafuri
Gael Rodrigues
Giovanna Reis
Giselle Bohn
Giulia Morais de Oliveira
Guilherme da Silva Braga
Gustavo Bechtold

Helena Maria de Souza
    Costa Arruda
Henrique Emanuel
Humberto Pio
Jailton Moreira
João Luís Nogueira
Juliana Slatiner
Juliane Carolina Livramento
Jung Youn Lee
Laura Redfern Navarro
Leonardo Pinto Silva
Lolita Beretta
Lorenzo Cavalcante
Lucas Lazzaretti
Lucas Verzola
Luciano Cavalcante Filho
Luciano Dutra
Luis Felipe Abreu
Luísa Machado
Manoela Machado Scafuri
Marcela Roldão
Marco Bardelli
Marcos Vinícius Almeida
Maria Inez Frota Porto Queiroz
Mariana Donner
Marina Lourenço
Mateus Torres Penedo Naves
Mauro Paz
Milena Martins Moura
Mylena Porto da Gama
Natalia Zuccala

Natan Schäfer
Otto Leopoldo Winck
Paulo Scott
Pedro Jansen
Pedro Torreão
Pietro Augusto Gubel Portugal
Régis Rodrigues de Almeida
Sergio Mello
Sérgio Porto
Stella Oggioni
Tamiris Matias Vieira
Thassio Gonçalves Ferreira
Ulisses Rosal
Valdir Marte
Weslley Silva Ferreira
Yvonne Miller

EDIÇÃO
Leopoldo Cavalcante

ASSISTÊNCIA EDITORIAL
Luísa Maria Machado Porto

REVISÃO
Marcela Roldão

CAPA E PROJETO GRÁFICO
Leopoldo Cavalcante

Copyright © Aboio, 2023
O Sorriso do Erro © Eduardo Rosal, 2023

Grafia atualizada segundo o Acordo Ortográfico da Língua Portuguesa de 1990, que entrou em vigor no Brasil em 2009.

Dados Internacionais de Catalogação na Publicação (CIP)
Aline Graziele Benitez — Bibliotecária — CRB-1/3129

Rosal, Eduardo
  O Sorriso do Erro / Eduardo Rosal.
  -- 1. ed -- São Paulo: Aboio, 2023.

  ISBN 978-65-980578-1-7

  1. Poesia brasileira I. Título.

23-165711 CDD-B869.1

Índices para catálogo sistemático:
1. Poesia : Literatura brasileira

[2023]

Todos os direitos desta edição reservados à:
ABOIO
São Paulo — SP
(11) 91580-3133
www.aboio.com.br
instagram.com/aboioeditora/
facebook.com/aboioeditora/

Esta obra foi composta em Garamond Premiere Pro.
O miolo está no papel Pólen® Natural 80g/m².
A tiragem desta edição foi de 300 exemplares.
[Primeira edição, agosto de 2023]